Alexandre Lenormand

Les poèmes juvéniles

Les Éditions du Panthéon
12, rue Antoine Bourdelle – 75015 Paris
Tél. 01 43 71 14 72
www.editions-pantheon.fr

Illustration couverture : Fotolia / Frankie's

ISBN 978-2-7547-3430-1

I
Jouvence

Rêver d'amour

Il y a longtemps que je tremble,
Que je pleure silencieusement.
Je rêvais d'amour qui ressemble
A des comptines pour enfants.

Mais à vingt ans meurent les espoirs ;
Oui, à vingt ans tout peut mourir,
Les mensonges que l'on aime croire,
Les rêves qui savent attendrir.

J'aurais aimé rêver voyage.
J'aurais voulu rêver corsaire.
Plutôt que d'amour, ce mirage
Que les diables savent poussière.

Comme ils sont loin les rêves bleus
Violacés par les traitrises.
Comme ils sont loin les jours heureux
Où un ruisseau m'était Venise.

Mais je vieillis et il me semble
Que je me meurs tranquillement.
Je rêvais d'amour qui ressemble
A des comptines pour enfants.

Les saisons

Nous perdons souvent pied quand notre cœur se vide,
Que la fatalité vient y prendre une place.
Les printemps sont partis, l'automne est solide.
C'est le goût de la vie qui peu à peu s'efface.

Tous les ébats brutaux que nos mains ralentissent
Garderont au chaud des souvenirs sensuels.
Les hivers sont plus longs, les étés raccourcissent.
Nous fixons un plafond imaginant le ciel.

Une année que j'attends, une année solitaire.
J'attendais les printemps mais c'est déjà l'hiver
Et de chaudes larmes viennent perler mes joues.

Une année est passée, une année monotone.
J'ai attendu l'été, c'est le chant de l'automne
Qui me crie « aux armes ! Pour l'amour, battez-vous ! »

2020

Je ne sais pas grand-chose.
Je sais qu'en deux mille vingt
Mes vingts ans seront loin
Et j'aurai de l'arthrose

Ton souvenir gelé
Sera encore plus loin.
C'est vrai, je ne sais rien
Sinon me rappeler.

La vieillesse à ma porte,
Je sais qu'en deux mille vingt
Mes vingt ans seront loin
Et toi, tu seras morte.

La souris et le cobra

Tu savais tout d'avance,
Le règne du silence.
Tu avais tout compris,
De la mort à la vie.

Tu te protégeais de moi,
Comme la souris du cobra,
Un rien te fait peur,
Mon parfum, mon odeur.

Moi, le cobra amoureux,
Toi, la souris qui ne veux
Plutôt que de voir l'infini,
N'aimer qu'une autre souris.

Les sanglots du vieux saule

Il y avait un saule tyrannique
Dominant tous les herbacées du coin.
On implorait son ombre statique.
C'était un grand et silencieux témoin.

Le saule a vu la guerre de trente-neuf,
Il a abrité des allemands, des juifs,
Des américains, des veuves et des veufs.
Jadis, tous en furent admiratifs.

Puis, la mondialisation apporta
Des palmiers, de grands palétuviers,
On aurait même vu un séquoia.
Les beaux arbres étonnèrent les herbacées.

Dans de grandes batailles d'importance,
Le saule ne fit bien sûr pas le poids.
C'est un palmier qui, plein d'arrogance,
Se proclama maitre de tous les bois.

C’est à partir de ce jour qu’il pleura.
Ses sanglots pèsent ses branches affaiblies.
On entend rire les grands séquoias.
Quand le saule pleure, comme il se sent petit.

Je ne pleure pas

Je ne pleure pas !
Qu'est-ce que tu crois ?

Ce sont des diamants
Qui, bien avant

De te connaitre,
Perlaient peut-être

Plus beau que cela.
Je ne pleure pas !

Chanson pornographique

Analysons nos performances
C'est la sublimation des sens.
Tu sais combien j'aime la musique,
Combien j'ai horreur du pudique !
Accorde moi la belle danse,
C'est une chanson pornographique.

J'en ai assez d'embrasser
Tes lèvres au gout d'orge.
Laisse moi te dégrafer
Les attaches de ton soutien-gorge.

Dans d'intenses préliminaires
Je t'en prie oublie toi.
O ma tendre partenaire,
Caresse moi du bout des doigts.

Analysons nos performances
C'est la sublimation des sens.
Tu sais combien j'aime la musique,
Combien j'ai horreur du pudique !
Accorde moi la belle danse,
C'est une chanson pornographique.

C'est de l'amour qui transpire,
C'est de la haine qui se tait.
Sous ma ceinture, sous ton sourire
Se cache, sublime, la vérité.

Je veux t'entendre crier
Je veux t'entendre gémir
Juste avant de te coucher
Juste avant de t'endormir.

Analysons nos performances
C'est la sublimation des sens.
Tu sais combien j'aime la musique,
Combien j'ai horreur du pudique !
Accorde moi la belle danse,
C'est une chanson pornographique.

Regarde un peu ton fils

Papa,
Regarde un peu ton fils en chagrin.
Il pleure toujours comme un gamin
Qui rêve encore d'être à toi.
Papa,
Regarde un peu ton fils en marge,
Le cœur battant dans sa cage.
Il rêve encore d'être roi.

Papa raconte moi des histoires
Qui donnent envie de vivre
Et qui donnent de l'espoir.
Papa, j'ai toujours peur du noir.
Ton fils est toujours ivre
De craintes et de cauchemars.

Papa,
Regarde un peu ton fils en errance
Quand tous les piques qu'on lui lance
Etouffent un peu plus sa voix.

Papa,
Regarde un peu ton fils en pleurs.
Lui, il rêvait d'être aviateur ;
La vie ne donne pas le choix.

Papa raconte moi des histoires
Qui donnent envie de vivre
Et qui donnent de l'espoir.
Papa, j'ai toujours peur du noir.
Ton fils est toujours ivre
De craintes et de cauchemars.

Papa,
Regarde un peu ton fils en cavale
Courant vers ta pierre tombale
Quand il doit porter sa croix.
Papa,
Regarde un peu ton fils en deuil
Quand, pleurant sur ton cercueil,
Il rêve encore de toi.

J’étais saoulé

Tout près de Rouen, j’étais saoulé.
Comme le vent se déchaînait,

Je suis rentré, et je t’ai vue
Toute parée et presque nue

Décidément, j’étais saoulé,
Et un instant, j’ai cru rêver.

Le fracas de l'ennui

Le monde est lent, sans direction.
Le puissant fracas de l'ennui
Assomme. C'est une contemplation
De gros rythmes lourds et de bruit.

J'ai voulu souvent être heureux,
Et même parfois être libre.
Mais l'ennui casse ces vœux.
Le bonheur est sans équilibre.

Dieu ! Comme il est assourdissant !
Et comme il donne des vertiges !
Il est solide et bien vivant
Le triste ennui qui nous afflige.

Dans des paroles politiques,
Dans nos maisons, dans nos écoles,
Dans les discours philosophiques,
Dans nos délires, dans nos alcools,

Et puis, à la télévision,
Et à l'heure de se mettre à table,
Dans les poèmes d'un garçon,
L'ennui est toujours imbattable.

Mais cher ami, je l'ai détruit.
Je l'ai vaincu cet être infâme.
Un instant, j'ai tué l'ennui
Par la débauche d'une femme.

A la liberté

Ce grand pays
Vraiment joli
M'avait tenté.
Ses pâtures,
Sa culture,
Et sa forêt.

La Liberté
A habité
Notre France.
Et avec elle,
C'est essentiel,
La tolérance.

Mais j'avais tort,
Et il est mort
Mon beau pays.
La liberté
dont j'ai rêvé
Mourut aussi.

Genèse d'une chimère

Dis lecteur, n'as tu jamais ressenti
Ce besoin irascible d'inventer
Une chimère, une image jolie,
La belle image d'une femme à aimer.

Je ne connais vraiment rien de ta vie.
Cependant, ce que je sais de la mienne,
C'est que les femmes cent fois m'ont maudit.
Elles sont tantôt chacal et tantôt chienne.

J'ignore si tu as déjà souffert
Comme moi des amours artificielles.
Lecteur, souviens-toi de la dernière
Menteuse à t'avoir promis le ciel.

Ton cœur se souvient-il de son parfum ?
Tes doigts se souviennent-ils de sa peau ?
Lui aurais-tu donné dans un écrin
De précieux diamants ornant un anneau ?

Je suppose alors que cette femme,
Tu l'as rêvée princesse ou bien reine.
Tu l'as appelée « mon ange » ou « ma dame »,
Tu lui as offert ton cœur sans peine.

Mais si aimer est une victoire,
La défaite amoureuse est amère.
Seul l'homme est assez bête pour croire
Que la femme est aisée à satisfaire.

Cher lecteur, rappelle-toi maintenant
La grande déchirure et les sanglots.
Souviens-toi la révolution du temps
Où, innocente, elle tremblait sous ta peau.

Le temps des promesses s'en est allé
Et, avec lui, la femme la plus parfaite.
Cette femme, tu aurais pu l'aimer
une vie entière et satisfaite.

Si telle est ta vieille et triste histoire,
Alors elle est bien semblable à la mienne.
Mon frère, je vais te dire d'où l'espoir
Jaillit de mon âme et de ma peine.

J'ai volé à ma voleuse de cœur
quelques traits que je ne peux oublier.
J'ai redessiné tout sauf le meilleur.
En bref, je n'ai jeté que le mauvais.

Enfin j'ai fait de cet ange inconnu
mon idéal que je conserve en moi.
Je l'imagine toujours à moitié nue.
J'ai baptisé cette nymphe Ophélia.

A Ophelia

Cher Ophelia, j'ai rêvé à toi cette nuit.
Il me fallut du temps pour bien te concevoir.
J'ai voulu ton parfum comme de la magie.
Tu sortis de ma tête comme un soleil d'espoir.

J'ai créé tes cheveux bruns comme le charbon.
J'ai peint tes yeux verts comme la malachite.
Remède à mes envies. Dis, sais-tu que ton nom
Me donne envie de croire aux amours inédites.

Tu as penché ton corps vers ma direction
Et j'ai attrapé tes seins ronds comme des soleils.
J'ai caressé ta peau, j'ai senti ta passion
fleurir en moi. Ophelia, Ô ma merveille !

Que le destin te fasse vivre et que tu viennes
Trouver en ma maison le repos que tu veux
tu donneras à mon âme la douceur bohémienne
Et je croirai en l'amour, je croirai en dieu.

A la nation

A la mort de la culture.
A la mort des littéraires.
Aux médias, à la censure.
Aux faux artistes populaires.

Aux libertés d'expression.
A la liberté de parole.
Aux plateaux de télévision.
A l'hypocrisie des écoles.

A la mort des palestiniens.
Aux publicités trop nombreuses.
A l'art qui boite comme un chien.
A nos affaires scandaleuses.

Au maquillage du fascisme.
A l'identité nationale.
A l'hypocrite altruisme.
A la débauche musicale.

A la gloire de nos gendarmes.
Et à la gloire de nos moutons.
A une mère et à ses larmes.
Dont le fils meure pour la nation.

Buvons un verre, buvons en deux,
A notre nation en feu.
Buvons un verre, buvons en trois,
A notre France, A notre roi.
Buvons un verre et soyons saouls,
Pour mieux nous mettre à genoux.
Revolution, buvons un verre,
A notre peuple grabataire.

Mourir sous la Kalash

Mourir sous la Kalash
Pour une fausse guerre,
Pour une guerre de lâche
Dont on n'a rien à faire.

Mourir pour des idées
Qui ne sont pas à nous.
Mourir ou se cacher
Ou se mettre à genoux.

Je me souviens d'hier,
Le fascisme était loin.
Pour les jeteurs de pierre,
Le fascisme est demain.

Et puis tant pis pour lui,
Et puis tant mieux pour eux.
Le peuple qu'on oublie
Est oublié par dieu.

Mourir pour que dalle...
Mourir c'était si loin.
Mourir sous les balles,
Ce n'est pas un destin.

L'enfer ? N'en parlez plus !
Eux seuls peuvent en parler.
Avant d'être abattu,
L'enfer, ils y étaient.

Mes cheveux

Mes cheveux sont devenus si longs avec le temps.
Je ne sais plus vraiment si je l'avais voulu...
Ils sont moins nombreux, puis... Ils sont devenus
blancs.
Comme un nuage, comme la neige dans ma rue.

Mes cheveux s'ébouriffent quand il fait mauvais temps.
Ils jouent avec le vent et pleurent dans la pluie.
Ils sont durs à coiffer et désobéissants.
Enfin, ils sèchent au soleil de midi.

Mon enfant, pour moi le temps a vite filé,
Il n'y a plus qu'une chose que je veux :
Ecoute-moi mon fils, et viens me soulager.
Passe ta main dans ce poème, dans mes cheveux.

Nos chemins

Comme ce n'est pas calculé,
J'emporte un souvenir de tes yeux.
Un remède ou un regret.
Mes chemins mènent aux adieux.

Et comme ce n'était pas prévu,
Que nous fonçons droit dans le mur,
Que je suis fou depuis qu'j't'ai vu,
Nos chemins mènent à la rupture.

Quand je vivais

Quand je vivais j'étais heureux !
Et mon âme était voyageuse !
J'étais crédule et amoureux !
La vie m'était fabuleuse !

J'avais pour guide le Mistral,
Vers les territoires du Sud.
Moi je rêvais de carnaval,
Je rêvais d'autres latitudes.

J'aurais tout vécu et tout fait
Pour un soupçon de Tunisie,
Pour ne passer qu'une journée
Sous le soleil de Bolivie.

J'ai pris les dangereux sentiers
Pour des chemins de Normandie.
J'étais naïf, et je croyais
Que mon amour m'aurait suivi !

Le rêve fut savoureux !
Ma femme n’est pas audacieuse !
Quand je vivais j’étais heureux !
Et mon âme était voyageuse !

Je suis

Je suis l'oiseau, l'oiseau de nuit
Qui ne sait pas comment t'aimer.
Comme l'oiseau tombé du nid,
Celui qui ne sait pas voler.

Je suis l'enfant, le maladroit
Qui ne sait pas te satisfaire.
Comme l'enfant, celui qui croit
Qu'il suffit d'être beau pour plaire.

Je suis le vieux qui reste fier
Sans te prendre par la taille
Comme le vétéran de guerre
Qui boite encore de ses batailles.

Je suis l'ivrogne qui te fait honte
Lorsque ses yeux sentent la bière.
Comme le soulard qui remonte
Une pente et tombe à terre.

Je suis l'écrivain pour mendiant
Qui t'écrira mille poèmes.
Comme l'écrivain sans talent
Qui ne sait que t'écrire « je t'aime ».

Etretat

J'entends la mer sur Etretat
Et puis le vent venant de loin.
Je vois la vague qui s'en va,
Et puis la vague qui revient.

Il y a des titans de craie
Que des goélands importunent,
Et qui surveillent les marées,
Selon les ordres de la lune.

Ici, tout n'est que vieillesse.
Ici, rien n'est en mouvement,
Sinon cette mer qui caresse
Le sable inlassablement.

Et puis, il y a le vent soufflant
Sur les rochers et les pécheurs.
Le vent qui vient de l'océan
Est un éternel râleur.

Les falaises à panorama
Semblent compter les secondes.
J'ai vu la mer sur Etretat,
J'ai cru y voir le bout du monde.

Donne moi

Donne-moi des vertiges,
Et faisons des vestiges
De notre amour du neuf.

Donne-moi des passions
Jusqu'à la déraison,
De ces passions qui bluffent.

Donne-moi le goût
Des baisers dans le cou
Des longues nuits d'été.

Donne-moi des sourires
M'empêchant de partir
M'empêchant de pleurer.

Donne-moi de la pluie
Qui tombait à minuit
Pour en mouiller mon cœur

Donne-moi des frissons
Donne-moi des raisons
De ne plus avoir peur.

Donne-moi une chance
Mon ultime vengeance
Notre dernier accord.

Donne-moi l'envie
De dormir dans ton lit
De caresser ton corps.

Les langues mortes

Les langues ne meurent pas.
Elles s'oublient, tout au plus.
Mais la beauté est là,
Cette secrète astuce.

On pourrait oublier
Le latin de Sénèque,
On ne peut disculper
La musique du grec

Le français est ainsi,
Langue parmi les langues
Vivante et bien en vie.

Si il doit s'oublier,
Il peut être exsangue,
Mais ne peut pas se tuer.

Mourir

Ce délicieux rapport
Que j'ai avec la mort
A commencé hier
En regardant la mer.

J'ai observé les flux
Et des eaux la cohue.
En voyant mon reflet
Quand montait la marée

J'ai vu l'insignifiance
De ma triste existence.
Et mes larmes en coulant
Remplirent l'océan.

J'ai vu mes petits yeux
Larmoyants dans le bleu
De la mer qui repart
Et revient en retard.

J'ai vu mes dents pourries,
Noires de maladie.
J'ai accepté le glas
de la vie, le trépas.

*

*   *

J'ai compris, ce n'est rien
De mourir dans le vent.
Comme une goutte de moins
Dans l'immense océan.

Les dieux

Les dieux en te voyant deviendraient êtres humains.
Apollon rêverait de voler tes baisers,
Jupiter bâtirait un empire de ses mains,
Et Vénus envierait ton extrême beauté.

Bacchus, lui, t'offrirait de l'ivresse en tonneau,
Tes grands yeux noirs rendraient si jalouse Junon,
Pluton remonterait des enfers abyssaux,
Et Neptune sortirait des océans profonds.

Les dieux en te voyant deviendraient êtres humains.
Puis ils proclameraient une nouvelle race,
Supérieure à la leur, supérieure à chacun.
Et tu serais faite princesse au mont Parnasse.

Pour l'aimée

J'eu du mal à penser, Ô ma tendre, mon amour,
Qu'une vie partagée gagnerait en valeur.
Je devais me garder de te dire que mes jours
Seul seront plus fleuris, et plus aimant mon cœur.

Il y en a qui savent faire, qui savent croire
Qu'aimer qu'une femme ne dresse pas d'entrave.
Plutôt vivre sans toi et découcher le soir,
Plutôt l'amour physique que de vivre esclave.

Mille fois tu pus dire qu'insoluble est l'amour
Mille fois je disais quelques définitions :
Il est simple comme tout, bête comme le jour.
Mille fois j'avais tort, toi mille fois raison.

Tu as posé ta main sur mon cœur de platine.
Prétextant une envie ou un geste affectif,
Tu as dissout à l'essence térébenthine
Mes convictions ; Je ne voyais plus tes griffes.

Je te regardais comme un être d'ailleurs.
J'étais un peu farouche, et inquiet de tes grâces.
J'allais de femme en femme, j'allais de cœur en cœur,
Avant que dans le mien, tu viennes prendre ta place.

J'avais pour les dames le cœur vagabond,
Je voguais, comme à bord d'une barque sans rame,
Mais je t'aimais, aux frontières de l'abandon.
J'avais, semble-t-il, reconsidéré les femmes.

Suis-je malade ?

Suis-je malade, suis-je mort ?
Dis-moi femme, sais-tu aimer ?

Tes chaudes larmes sont de l'or
A ceux qui savent en profiter.
Tes yeux azurs sont un trésor
A ceux qui savent où le chercher.

Suis-je malade, suis-je mort ?
Es-tu tristesse ou bien espoir ?

C'est sous la chaleur de ton corps
Que m'a été donné de croire
Que ton sourire est un condor
Qui fait couler la pluie du soir.

J'angoisse de t'idolâtrer
Et quand je regarde dehors ;
Je vois la pluie qui est tombée
Et les arc-en-ciel à l'aurore.

Sais-je vivre, sais-je t'aimer ?
Suis-je malade, suis-je mort ?

Mes ivresses

Avez-vous déjà eu vingt ans ?
Et connaissez-vous mes ivresses ?
Dans le café des deux amants
Je me saoulais, plein de paresse.

C'était l'automne et il pleuvait,
Le verre qui contenait mon vin
était glacé mais le vin frais,
Il avait deux ans, et moi vingt.

Deux ans c'est peu mais le suivant
Me contenta, donnant l'ivresse.
Vous avez déjà eu vingt ans ;
Vous avez connu mes faiblesses.

De la misère

Je donnerais bien volontiers
Une autre tendance à ce monde ;
Pour les ermites l'amitié
A des aveugles la Joconde
Et aux muets le droit de parler

Pour les cancéreux quelques jours
De la chance pour ceux qui trichent
Quelques mélodies pour les sourds
De la misère pour les gens riches
Et pour ton cœur un peu d'amour.

Voici le temps choisi

Voici le temps choisi
de t'écrire une lettre
Sur papier d'Arménie
A la senteur champêtre

Souviens-toi chère amie
Le parfum des lilas
Qui embaumait nos nuits
Et l'odeur du tabac

Tu as du oublier
Notre première fois
Où tes yeux effarés
Ne regardaient que moi

Où mon corps dans le tien
Tremblait sous tes caresses
Où lorsque j'étais chien
Tu te faisais princesse

Sais-tu te rappeler
Les printemps assassins
Qui auraient fait chanter
Le soleil dans nos mains

Tu aurais dû me dire
Que tu partais si loin
Que pour te revenir
N'existe aucun chemin

Une bible à la mer

Puisqu'il n'y a pas de frontière
A l'imaginaire périlleux
Et qu'il avait besoin d'un père,
Il décida de croire en dieu.

Il demanda toute une année
A son dieu de lui faire signe.
Puis, une fois l'année passée,
Ne sachant lire entre les lignes,

Il jeta sa bible à la mer
Et en hurlant il blasphémait.
Mais il cru une année entière ;
Ce fut la meilleure des années.

Scatogynie

Elle me revient toujours ;
Pourtant, je ne fais que
la perdre.
Gageons que son amour
est fidèle autant que
ma merde.

Le carnet personnel

Quand on tient un carnet
Personnel, comprenez
Qu'il faut être bien fou
Pour écrire : « Lisez vous ? »

Quand on tient un carnet,
Quand bien même il nous plait,
Soyez donc aussi fou,
Lisez le jusqu'au bout !

Si cela vous lisez,
Ne comprenez pas tout ;
Il faut être bien fou
Quand on tient un carnet.

Manifeste

Au diable tous les parricides
Qui ont assassiné leurs pères.
Que meurent les poètes du vide,
Que vivent les vrais littéraires !

Ses manières

Elle a cette manière
De caresser son sexe
Du bout de son index.

Elle a le beau réflexe
De bien se laisser faire
Elle est bonne équipière.

Elle a cette façon
D'arracher mes cheveux
Avec ses doigts de feu.

Je sais bien ce qu'elle veut ;
De l'amour la passion
De mon cœur la raison.

Entends

Apprends à ignorer.
Entends les mélodies
Des voix venant du vide.

Entends sans écouter ;
L'indifférence au bruit
le condamne au suicide.

A l'absolu et au divin

A l'absolu et au divin.
Quand les autres hommes se perdent,
Sans savoir quoi faire de leurs mains,
J'écris, j'existe, je vous emmerde.
Nous sommes plus que des humains.

A l'absolu et au divin.
Nous sommes tous des connexions
Depuis le fond de nos ravins
Vers les confins de l'horizon.
Nous sommes plus que des humains.

Ma sœur

Mon amie, ma sœur, mon égal,
Ensemble, nous pourrions aimer
Et rien ne me ferait plus mal
Que de sentir que tu me hais.

Mon amie, ma sœur, mon égal,
Ensemble, nous pourrions souffrir
Et rien ne me ferait plus mal
Que de souffrir seul en martyr.

Mon amie, ma sœur, mon égal,
Ensemble, nous pourrions partir
Et rien ne me ferait plus mal
Que de rester et d'en mourir.

Vivre libre

Existe-t-il de vieux pays
Où le temps semble s'arrêter,
Où le présent nie le passé ?
J'envisageais une autre vie.

J'avais pensé voir une mer
Dont la couleur m'est inconnue.
Voguer, voguer vers d'autres nues.
J'envisageais une autre terre.

Je pensais altérer ma rue,
Voir des paysages plus beaux.
J'envisageais un grand bateau
Qui, bien sur, n'est jamais venu

J'envisageais un équilibre.
J'envisageais de vivre vieux.
J'envisageais de vivre heureux.
J'envisageais de vivre libre.

Réjouis-toi mon amour

Réjouis-toi mon amour
Car ce poème est tien,
Comme ceux de demain,
Comme ceux des vieux jours.

Réjouis-toi mon amour
Car tu as de la chance,
Bien aimée à outrance,
Bien aimée pour toujours.

Mon amour réjouis toi
Car un jour en lisant,
Tu diras tristement :
« Ces vers étaient pour moi ».

Moi, je serais parti
Ici, là, ou ailleurs
Emportant dans mon cœur
Tout l'amour d'une vie.

Anarchie

Où sont passés les chiens,
Les galeux les sauvages,
Dont l'unique dessein
Etait de faire barrage ?

Sont-ils domestiqués ?
Se sont-ils laissé faire,
Pour mieux se museler,
Sous de tristes bannières ?

Dénouez donc les liens !
Otez les muselières !
Où sont passé les chiens
Qui ont su rester fiers ?

Si le sang a séché,
Les larmes coulent encore
Sur les pauvres pavés
Où certains chiens sont morts
En levant haut leur main
Dans les rues de Paris.

Où sont passés les chiens
Qui criaient « Anarchie ! » ?

Le loup

Suis-je homme ou bien loup, grand chasseur
de troupeaux
Dont les canines ont soif de sang ou bien de peine ?
Je me nourris du mal et puis de vos sanglots.
Je suis un loup parmi toute la race humaine.

J'ai parfois dévoré les plus chers de vos rêves
Que vous n'avez jamais aussi fermement crus
Qu'à cet instant magique, comme un œil qui crève,
Où vous avez compris que vous ne l'aurez plus.

Je me suis délecté des femmes, le venin
Qui a tué les plus faibles, et a pendu les rois.
J'ai arraché le cœur au monstre féminin
En savourant la chair et en léchant mes doigts.

J'avoue m'être immiscé dans tout vos cauchemars
Pour faire de vous pâtures, esclaves à genoux,
Pour détruire au cœur le moindre de vos espoirs,
Car vous êtes moutons et que moi je suis loup.

Soirée de match

Je pénétrais le bar devant l'hôtel de ville.
J'étais en compagnie de deux de mes amis
L'un n'étant pas plus doux que l'autre, ni moins vil,
Nous commandions de la bière vite servie.

A la télévision, un match de football
Avait attiré de nombreux clients au bar.
Nous étions installés à l'entrée, près du hall,
De là, je contemplais les visages criards

Des clients. Je m'étonnais de leurs réactions.
Un but les rendait fous ainsi que chaque action.
Je comprenais mal cet engouement collectif.

Je fus stupéfait en me retournant de voir
Qu'un de mes amis pleurait, faute de victoire.
Lors d'un match de foot, comme les gens sont naïfs.

La valeur de mes jours

Les mystificateurs, vous les traitez de bêtes
Sans comprendre leurs buts ou bien leurs idéaux.
Privez vous je vous prie d'insulter le poète
Car il sait mieux que vous la puissance des mots.
Privez-vous je vous prie d'aimer une catin
Car elle sait mieux que vous les tourments de l'amour.
Privez-moi je vous prie de me tuer ce matin
Car vous savez bien mieux la valeur de mes jours.

Rappelle-toi de bien me fuir

Les sanglots sont les bienvenus
Quand tu décides de partir.
Je te revois dans mon lit, nue,
Souriante de ne pas souffrir.

Tu t'es assise à mes genoux,
En grande artiste de théâtre,
Pour me duper, me rendre fou
De toi et de ton corps d'albâtre.

Alors aujourd'hui sois banale
Et pleure longtemps désormais.
Car, pire que de faire mal,
Tu condamnes un homme aux regrets.

Rappelle-toi de bien me fuir.
Rappelle-toi que je t'aimais.
Car, pire que de le détruire,
Tu condamnes un homme à jamais

Le sens de la rupture

Je te quitte ce soir
        Pour mieux me retrouver
Séparons-nous, veux-tu,
        Et retrouvons la paix
Je te hais. Peux tu croire
        Que je ne t'aime plus ?

Voilà une soirée
        Que la lune mérite
Rien n'est trop beau pour elle
        Un être que l'on quitte,
Une femme blessée,
Comme un cadeau du ciel.

Nous pleurons cette nuit
        Des larmes plein la vue
Que coule dans la rue
        Notre amour défendu
Nous pleurons une pluie
Qui ne tombera plus

Le jouet

Je suis comme un jouet que des gamines bêtes
Ont tiré en tout sens, divisant en morceaux
Les parties de mon cœur et celles de ma tête.
Mon âme est un chiffon déchiré en lambeaux.

Des humaines voleuses ont un jour disputé
Le droit de barbarie sur mon être chétif.
Mes nuages sont lourds, les présages mauvais,
Dois-je toujours payer de l'amour le tarif ?

Je suis une occasion, pas de seconde main,
Ma belle enfant je crains que je sois trop usé
Il ne reste plus rien – ou sinon mon chagrin –
Vraiment il n'y a rien que tu puisses emporter.

Les craintes de Narcisse

Le pauvre Narcisse, qui aimait son reflet,
Souffrait terriblement de ne pas le sentir
Sous ses doigts tremblotants sur le fleuve bleuté.
Les amours impossibles nous font dépérir.

La pèche à la ligne

Amour, j'irai cet été sur un bateau de pèche
Pour oublier le temps et les horizons rouges.
Je dormirai dedans, dans une cale sèche
Sans rien autour de moi, sinon l'eau, qui ne bouge.

Je pècherai des carpes, des saumons ou des brochets.
Et puis j'attendrai là, fidèle pour ma proie.
J'oublierai les temps qui nourrissaient mes regrets
Et je me tairai, seul, en repensant à toi.

Le voyage

Ton long sourire est la promesse d'un voyage.
Tu m'enlèveras et nous partirons à deux.
Mon cœur sera témoin du plus bel équipage
Sur un bateau volant qui transperce les cieux.

Je serai ton pilote et toi ma capitaine,
Tu seras mon amour et je serai le tien.
Nous ne capitulerons pas face à la haine.
Plus rien n'arrêtera le voyage, plus rien.

Mes batailles

J'ai connu cent batailles
Sans effusion de sang
Des cœurs qui s'encanaillent
Sentant le poids du temps.

C'est pour ne pas périr
Que je me bats toujours.
Nous allons bien mourir,
Aimons-nous mon amour.

Faisons-nous une guerre
Tu ne perdras jamais,
J'en connais la misère
Et j'en ai trop pleurer.

Car perdre la bataille,
C'est ton cœur qui s'en va
Puis le mien en pagaille,
Mon amour, ne perds pas.

Je partirai

Je ne peux plus souffrir toutes tes trahisons.
Traitresse ! après avoir pris tes mensonges,
J'ai ainsi compris que tu étais un démon
Je ne mourrai plus des souffrances qui me rongent

Et, en te couvrant d'insultes, je partirai
Plein de courage et d'élégance, comme un roi
Loin des torpeurs, des trahisons et je tuerai
Le premier à venir qui parlera de toi.

II

Les ombres du soleil

Puisqu'il faut vivre

Vivons puisqu'il faut vivre
et ça sans jamais lire
Les plus beaux des livres,
sinon sans les finir.

Vivons sans jamais voir
les pays dont on sait
Que les palais d'ivoire
ont été oubliés.

Vivons sans entendre
Les vents himalayens
Couvrant, sans se répandre,
un aboiement de chien.

Vivons sans apprécier
les plus jolies des femmes,
les parfums oubliés
des roses d'Amsterdam.

Vivons sans voyager
et sans voir les tropiques
Que l'on atteint lassé
d'un oiseau mécanique.

Vivons sans découvrir
tous les peuples canaques,
Ou bien sans parcourir
une steppe kazakh.

Vivons sans observer
un tableau boréal un
bateau dépravé
une épave banale

Vivons sans écouter
les musiques gitanes
Et vivons sans danser
près d'une caravane

Vivons sans savourer, vivons sans ambition,
A vivre sans regret, Nous mourrons sans passion,
Nous mourrons sans pleurer et nous regarderons
Le soleil se coucher... Sans connaitre son nom.

Promesse

Serveuse éponge mon chagrin
Que j'aille déposer les armes
Au tribunal, à la putain
Qui a trop fait couler mes larmes

Une larme contre du sang,
J'étais armé d'un révolver
Dans la pente que je descends
Je lui aurais fait son affaire

Remplis mon verre et saoule-moi
Que je supporte un peu d'émoi
Dans les tourbillons de l'alcool

Serveuse éponge mon chagrin
Des promesses de mauvais grain
On ne garde que des paroles.

La montagne bleue

J'avais déjà rêvé de la montagne bleue
Dans des amours passées finies en incendies
En flambeaux déchirés qui me brulaient les yeux
Pour ne plus voir qu'un cœur qui s'était refroidi.

J'ai entendu des choses, de mauvais blasphèmes
des dénis, des regrets de gens abandonniques.
Des gens paralysés ne disant plus « je t'aime »
N'ont pas su me freiner dans ma recherche épique

Elles pourront partir les femmes que j'aimais
j'en aimerai une autre et peut-être plus fort
Je lui dirai tout bas le plus beau des secrets
« Il est une montagne que je cherche encore »

Celle-là partira, je le sais, je le sens
Sans vouloir l'effrayer, je lui ferai du tort
Disant que c'est l'amour que j'aime éperdument
Et que mon cœur meure de ne pas être mort.

Ce sera un adieu, et un dernier merci
La dernière partie que personne ne gagne
Puis je continuerai à chercher dans mes nuits
Une femme pouvant gravir une montagne

Je rêverai toujours de la montagne bleue
En regardant la bas, perché à mon balcon
En croyant insuffler à mon cœur amoureux
Une envie d'espérer, tout plein de déraison.

Je rêverai toujours du dernier horizon.

La bourgeoise et le mendiant

Tu pourrais m'offrir une goutte de ton sang
J'en ferais des bâtards. Capitaines d'épaves
Au sang-mêlé de la bourgeoise et du mendiant,
Ils seront mort-nés ; Ils seront esclaves.

Mais leurs cerveaux fragiles accueilleront la lumière,
Un crachat de liberté qui se fera sourd
Et lent, incompréhensible aux yeux de leur mère.
Un cadeau léger qu'ils nommeront « amour ».

Dans mes larmes

Dans mes larmes il y a l'enfer,
Des tortures et des silences,
La solitude, la misère,
La douleur et la souffrance.

Mais il y a le paradis,
Il y a du soleil parfois,
Et l'amour, l'amour infini.
Sûr qu'il y a un peu de toi.

Pour un baiser de toi

Je me ferais soleil, je serais une étoile
Qui, pour t'illuminer, brulerait mille fois.
Je promets, je tuerais, j'arracherais le voile
Qui te cache à mes yeux, pour un baiser de toi.

Je serais une flamme dans la destinée
Qui, dans ta direction, allumerait un feu
Pour chauffer tes matins, enflammer tes soirées,
Et j'offrirais mon âme en sacrifice aux dieux.

Je me ferais paien, je me ferais croyant,
Pourvu que nos chemins tracent la même ligne,
Et que tu sois putain, je saurais être digne.

Je me ferais joyau, je me ferais diamant,
Je détruirais le monde, écraserais les lois,
Enfin je me pendrais, pour un baiser de toi.

Dis le prix

Comment me diras-tu « je t'aime » ?
Et dis, comment vas-tu m'aimer ?
M'écriras-tu de longs poèmes ?
Et dis, catin, vas-tu chanter ?

Fille de joie ou fille des rues,
Reine sans prince ou bien putain,
Ici l'amour est absolu,
Ici il ne dépend de rien.

La fusion n'a pas de drapeau,
Les rêves sont pleins de paillettes.
Nous sommes libres d'être beaux
Car l'amour n'a pas d'étiquette.

Et si tu pars, pars avec moi.
Et poursuivons la direction,
Celle que j'ai tracée pour toi,
Celle qui portera ton nom.

Dis, entends-tu souffler le vent
Portant les bateaux du destin ?
Moi je crois assurément
Que pour nous il y en a un.

Combien vends-tu ton esclavage ?
Combien me feras-tu payer ?
Pour entreprendre ce voyage,
Dis le prix de ta liberté.

A l'ange stupéfiant

Après avoir récolté les étoiles,
Il est descendu sur notre planète.
Chargé de nectar, d'ambroisie, de toiles,
De soies, de soleils et de paillettes.

De son grand voyage mystérieux,
Nous ne savons pas tellement de choses.
De l'homme, du poète proclamé dieu,
Nous ne savons ni la peur ni sa cause.

Fils d'un ange, enfant d'une catin,
Fils du vent, enfant des nuages,
Il a rêvé d'Afrique et puis de rien,
Il savait les bateaux sans équipage.

Il a du inventer son espace
Pour pouvoir être libre de vivre.
Comme l'enfant que rien ne tracasse,
Comme l'ivrogne est libre d'être ivre.

Dans le désordre inouï de son cœur,
Il a allumé la flamme qu'attisent
Les angoisses, les tourments et les horreurs.
Il nous a tout donné pour une brise.

Ange stupéfiant, mystérieux complice,
Tu hantes encore quelques bibliothèques.
Et tes beaux ouvrages en dormant pourrissent
Lorsque certains vivent sans, et d'autres avec.

Ton poison

J'apprécie la passion
Et sa haute voltige,
Et les jolis vertiges
De ton précieux poison.

J'apprécie quand il coule
Dans mon sang et pourtant,
Ton poison est violent.
C'est mon cœur qui s'en saoule.

J'apprécie la douleur
Qui me tue et me glace
Jusqu'à mes os qui cassent
Et poignardent mon cœur.

J'apprécie de mourir
Par la ciguë amère
Que j'ai cueillie hier
Au bois de ton empire.

J'apprécie quand je pleure
De colère comme un chien.

J'ai cru qu'il serait mien ;
L'impossible bonheur.

L’erreur

Le ventre maternel m’avait bercé d’espoir.
Et la vie serait telle que je l’imaginais.
J’avais le droit de vivre, j’avais le droit de croire
J’imaginais poursuivre la quête de la paix.

Comme je venais au monde, j’offrais ce que j’avais.
La fleur, pas la fronde. Les gens voulaient mes larmes.
J’avais fait une erreur, alors je m’excusais :

« Désolé pour les fleurs et merci pour les armes. »

J'avais chanté pour toi

J'avais chanté pour toi, pour séduire tes oreilles.
Il y a cent ans de cela, je m'en souviens.
Je suis triste aujourd'hui, bien plus que la veille ;
J'ai appris ta misère, ton funeste destin.

Je marcherai suivant le graillement des corneilles
J'irai près de ta tombe sur un vieux banc en bois
Et, en attendant que se couche le soleil
Je chanterai pour toi, une dernière fois.

Le fantôme

En mourant, que je sois fantôme !
Voyageur chétif, fils du vent,
De l'air jusque dans mes atomes
Je changerais de continent.

J'irais, en fumant mon tabac,
Au dessus d'une canopée,
Là où les oiseaux sont les rois,
Là où l'on ne peut que voler.

Voyant mes châteaux espagnols
Se dresser comme de la brume,
J'humerais les parfums d'alcool
Venant de mes visions posthumes.

J'irais hanter quelques maisons,
Je serais libre et heureux.
Et, flottant tel un papillon,
J'aurais de la vie plein les yeux.

A une étoile

Il y a dans l'espace une étoile qui danse.
Crois-moi, rappelle-toi de là où tu me vois
De regarder mon deuil, d'admirer ma souffrance
Je te revois danser avant le grand silence.
Je te crois dans l'espace, mon étoile c'est toi.

Adieu Paris

Un Boeing au départ d'Orly,
Destination le Sénégal,
Décollera pendant la nuit.
Je le prendrai, c'est capital :
J'ai besoin d'altérer l'ennui.

J'ai besoin d'aller voir la mer,
De coucher sous les baobabs,
D'aller découvrir cette terre,
D'aller pêcher l'un de ces crabes
Qui se déplacent de travers.

Un Boeing au départ d'Orly,
Prendre l'avion est si couteux.
Mais rien n'est plus cher que la vie,
Rien n'a la valeur de mes vœux,
Alors je pars, Adieu Paris.

Je connais de l’amour

Je connais de l’amour
ce qu’elle m’avait donné.
Mes appels au secours
Avait dû l’attirer.

Comme j’étais naïf,
Idiot sur l’essentiel,
Ne sachant du fictif
Discerner le réel

J’étais vite séduit,
Puis elle m’a pris la bouche.

Au départ d’une nuit,
Je pénétrais sa couche.

Il fallait du labeur
Faire naître plaisirs
exaltations, bonheur.
Je l’ai entendue jouir.

Je me suis fait bohème,
Délicat et secret.
Puis elle m'a dit « je t'aime »
Comme pour remercier.

Je connais de l'amour
Ce simple théorème :
Des « merci », des « bonjour »
Sous forme de « je t'aime »

Sérieux

J'ai toujours tout pris au sérieux.
J'étais conformiste en tout point.
J'ai dû me tromper de chemin,
L'insouciance est tellement mieux.

De quel navire ai-je rêvé
Pour vouloir être capitaine
De ces bateaux qui vous emmènent
Où les hommes ont déjà vogué.

Il y a, parmi les chemins,
Quelques estuaires où s'enfoncer
Des aventures pour nous dicter
Les promesses des lendemains.

J'ai toujours tout pris au sérieux.
Dans mon être, encore, j'entends
Ma propre voix, celle d'avant.
L'enfant pleure de se voir vieux.

Le diable

Un diable me possède, furieux et tapageur
Il a un beau sourire que j'envie parfois
Il me ressemble mais il semble être d'ailleurs
Il a mon sang, mes yeux, mon parfum et ma voix.

C'est lui qui fait rire et c'est lui qui vous séduit
Un jour, je fuirai : Il n'y aura plus que lui.

Les poètes meurent d'amour

Les poètes meurent toujours.
Tantôt dans les bras d'une femme,
Tantôt dans le creux de leur âme.
Les poètes meurent d'amour.

Qu'ils soient jeunes ou en fin de vie,
Ils sont tous vieux de mille ans,
Rêvent de Bruges, de Milan,
D'une prairie en plein Paris.

Non, ils ne sont pas de ce monde.
La flamme de leur vie s'éteint
Pour un baiser, pour un matin,
A chaque instant, chaque seconde.

Ami

Ami, dis moi qu'elle va revenir,
Que l'été à venir sera à nous.
Ami, je te supplie de me mentir,
Et convaincs moi de ne pas être fou.

Ami, inventes moi quelques romances,
Des mirages d'amour non partagés.
Vas-t'en nourrir mes restes d'esperances,
Refais jaillir tous mes rêves secrets.

Ami, je me résigne à la laisser.
Dis moi seulement qu'elle pense à moi
Quand elle regarde un ciel étoilé
Qu'elle pointe les étoiles du doigt.

Ami, mon frère dénué d'amour,
Le traitre, le paria, le faux apôtre,
Allons, dis-moi qu'elle m'aime toujours,
Et qu'elle est juste partie pour un autre.

O mon idylle

Je t'aimais tant O mon idylle
Sur le vieux port de la Rochelle
Où tous les gamins de la ville
Venaient jouer à la marelle.

Je t'aimais tant près de la mer,
Assis sur des quais de pavés
Main dans la main, les yeux en l'air
Quand l'eau de mer baignait nos pieds

Je t'aimais tant belle inconnue
Quand quelques gouttes d'eau séchaient
Sur ton corps blanc à moitié nu
Sous les beaux soleils d'été.

Je t'aimais tant, j'étais tranquille,
Tranquille au moins pour un instant.
Je t'aimais tant O mon idylle
Mais tu as changé d'océan.

Table des matières

I
Jouvence

II

Les ombres du soleil

N° d'éditeur : 3430 Dépôt légal : Décembre 2016

Imprimé en France
FROC01n0805150217
16898FR00011B/54/P

9 782754 734301